El mejor nido

Por P.D. EASTMAN
Traducido por Teresa Mlawer

LECTORUM
PUBLICATIONS INC

Para H.P.G.

EL MEJOR NIDO

978-1-930332-84-3

Printed in Malaysia

10 9 8 7 6 5 4

Eastman, P. D. (Philip D.)
 [Best nest. Spanish]
 El mejor nido / por P.D. Eastman ; traducido por Teresa Mlawer.
   p. cm.
 Summary: Mr. and Mrs. Bird search for a place to build a nest only to discover their old home is better.
 ISBN 1-930332-84-X (hardcover)
 [1. Birds—Fiction. 2. Nests—Fiction. 3. Home—Fiction. 4. Spanish language materials.] I. Mlawer, Teresa. II. Title.
PZ73.E2724 2005
[E]—dc22
                    2004030992

El Sr. Pájaro estaba feliz.

Se sentía tan feliz

que se puso a cantar una bella canción:

Me gusta mucho mi casa.

Me gusta mucho mi nido.

No existe en el mundo entero

Un nido mejor que el mío.

De repente, la Sra. Pájaro
salió de la casa.

–¡No es el mejor nido! –dijo.

—Estoy cansada de esta casa tan vieja
—continuó la Sra. Pájaro—.
¡La odio!
Busquemos una casa nueva,
¡ahora mismo!

Así es que se marcharon
en busca de un nuevo hogar.

–Me gusta este lugar
–dijo la Sra. Pájaro–.
Hagamos nuestro nido aquí.

BODEGA

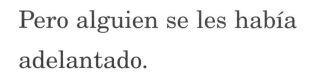

Pero alguien se les había
adelantado.

Fueron en busca de otra casa.

–¡Mira ésta qué bonita! –dijo el Sr. Pájaro–,
y parece estar vacía.

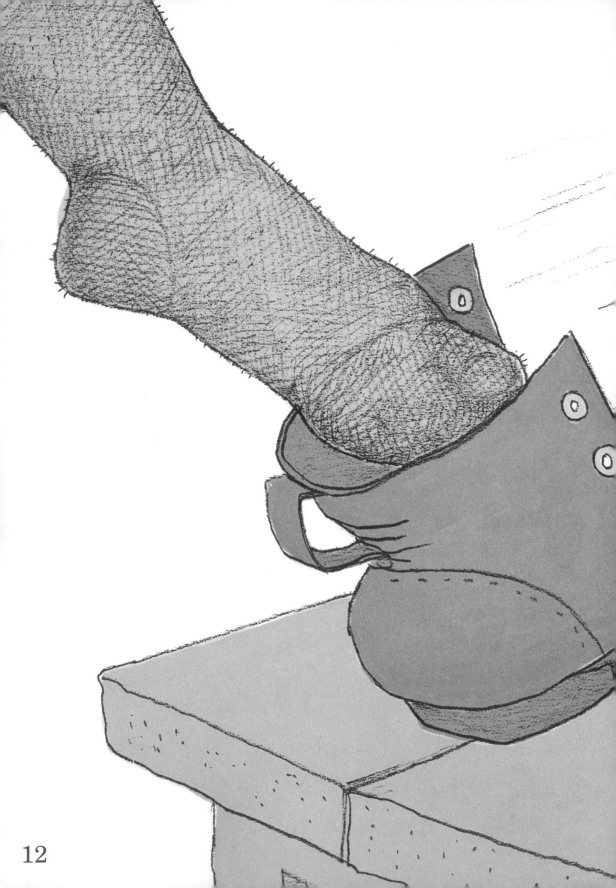

–Te equivocas –dijo la Sra. Pájaro–.
Esta casa tiene dueño: ¡un pie!

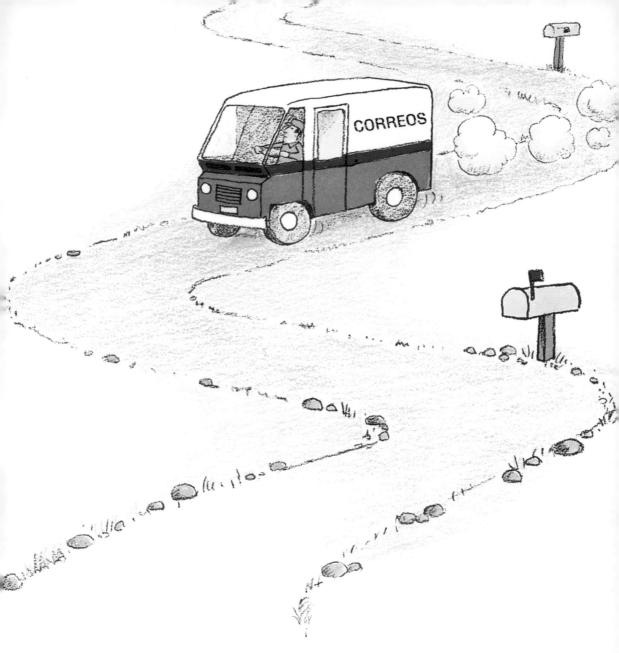

Y siguieron buscando.

–Me gusta ésta –dijo el Sr. Pájaro–.

Tiene una banderita roja en el techo.

–Siempre he querido una casa
con una bandera –dijo la Sra. Pájaro–.
Puede que sea el lugar ideal.

¡Pero no lo era!

–Creo que me equivoqué –dijo el Sr. Pájaro.

–¡Siempre te equivocas! –se quejó la
Sra. Pájaro–.
¡Déjame a mí!

—¡Mira! Está aquí mismo,
¡delante de nuestras narices!

Entraron.

Echaron un vistazo.

–¿No es demasiado grande?

–preguntó el Sr. Pájaro.

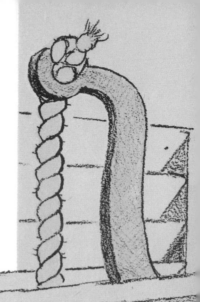

—Me encanta que sea grande
—respondió la Sra. Pájaro—.
Aquí haremos nuestro nido.

Y en seguida se pusieron a trabajar.

Necesitaban muchas cosas

para hacer el nido.

Primero, recogieron un poco de heno.

Una pajita...

... hebras de escoba...

Recogieron hilo de un suéter...

También hilo de calcetines...

... y relleno de colchón.

Encontraron pelo de caballo...

Y pelo de hombre.

Por fin, tenían todo lo que necesitaban:
heno, paja, hebras, hilo, relleno de colchón,
pelo de caballo y pelo de hombre.
Agarraron con el pico todo lo que pudieron
y regresaron para hacer el nido.

El Sr. y la Sra. Pájaro trabajaron muy duro.
Tardaron toda la mañana en terminar.

–En verdad, éste es el mejor nido.

–dijo la Sra. Pájaro–.

Quiero quedarme aquí para siempre.

El Sr. Pájaro también estaba feliz.

Voló a lo alto de la casa.

Y volvió a entonar su canción favorita:

Me gusta mucho mi casa.
Me gusta mucho mi nido.
No existe en el mundo entero
Un nido mejor que el mío.

Estaba tan entretenido cantando
que no vio venir al Sr. Parker.

Cada día al mediodía,

el Sr. Parker venía a la iglesia

para tirar de una soga.

La soga llegaba hasta el nido

del Sr. y la Sra. Pájaro.

La soga hacía repicar la campana
que quedaba justo debajo
del nido de la Sra. Pájaro.

DING

DONG

39

La Sra. Pájaro salió disparada del nido.

Cuando el Sr. Pájaro regresó,

lo único que alcanzó a ver fue un revoltijo

de heno, paja, hebras, hilo, relleno de colchón,

pelo de caballo y pelo de hombre.

Pero, ¿dónde estaba la Sra. Pájaro?

—La buscaré hasta encontrarla —dijo el Sr. Pájaro.

Buscó por arriba, buscó por abajo.

La buscó por todas partes.

Buscó dentro de una chimenea,
pero la Sra. Pájaro no estaba allí.

Buscó en un barril de agua,

pero la Sra. Pájaro tampoco estaba allí.

Entonces vio a un gato gordo
que dormía plácidamente
con cara de satisfacción.
Había varias plumas de color marrón
cerca de su boca.

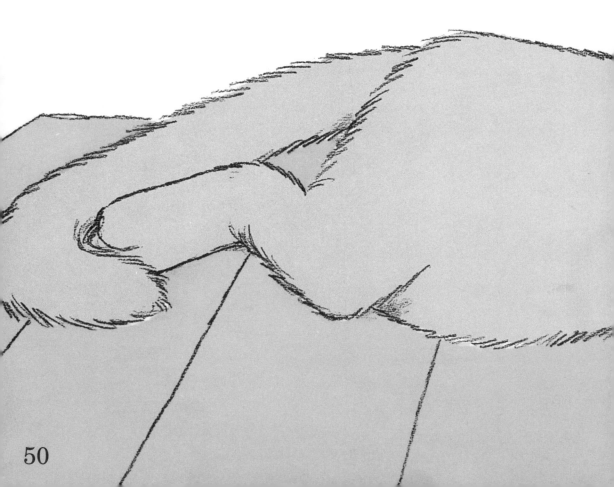

El Sr. Pájaro comenzó a llorar.

–¡Santo cielo! –sollozó–.

¡Ese gato gordo se ha comido a la Sra. Pájaro!

El Sr. Pájaro se alejó tristemente.

—No la volveré a ver nunca más —y rompió a llorar.

El cielo comenzó a oscurecerse.

Empezó a llover.

Llovía cada vez más fuerte.

El Sr. Pájaro no podía ver por dónde iba.

¡Catapúm!

¡El Sr. Pájaro había tropezado con algo!

Era su antigua casa,

aquella que la Sra. Pájaro odiaba.

–Entraré –dijo el Sr. Pájaro–,
hasta que pare de llover.

El Sr. Pájaro entró en la casa

y cuál no fue su sorpresa

al encontrarse a la Sra. Pájaro

sentada en su nido y cantando:

Me gusta mucho mi casa.

Me gusta mucho mi nido.

No existe en el mundo entero

Un nido mejor que el mío.

–¡*Tú!* ¡*Aquí!* –gritó el Sr. Pájaro–.
¡Pensé que odiabas este viejo nido!

61

La Sra. Pájaro sonrió:

—Lo odiaba —respondió—.

Pero una madre

puede cambiar de opinión.

Verás...

... para un pájaro recién nacido,
no hay mejor nido,
que un viejo nido.

Y cuando el pajarito del huevo salió,

¡lo mismo pensó!

WITHDRAWN